SINITE PARVULOS....

Carlo Malinverni

Al lettore

Carlo Malinverni, prima che si dedicasse particolarmente alla poesia genovese, sì da diventare "o Poeta zeneize" per antonomasia, come si gloriava con orgoglio oraziano, di essere detto ai suoi tempi Paolo Foglietta, era chiamato il Poeta dei bambini. Infatti i sentimenti più delicati, che, l'infanzia possa ispirare, gli fiorivano sulla penna in versi pieni di leggiadra armonia e di squisita fattura, ed i pensieri che germogliano nelle menti tenerelle erano da lui resi in liriche tutte pervase da un profumo soavissimo di graziosa freschezza.

Notava già il Macaggi nella prefazione a «Guardando all'avvenire» come il Malinverni avesse con quelle sue poesie sollevato in alto la già volgare recitazione per premi; ma lì tuttavia si trattava di versi che erano scritti per giovani e che volevano incitare gli stessi a forti e civili propositi, mentre qui veramente si tratta – impresa di più grave difficoltà ove non si voglia cadere in volgari sciatterie – di tenui composizioni dedicate all'età più novella.

Certo le poesie raccolte in questo libretto (sebbene quelle che risalgono ai suoi giovani anni siano a quelle frammiste che sono frutti man mano dell'età sua più matura, facilmente riconoscibili per il maggior culto della forma) non potrebbero da sole dare un'idea adeguata della lirica malinverniana, perchè, tolte alcune – e valgano ad esempio «L'Albero fiorito» e «Voci del Natale» – di più ampio respiro, la maggior parte di esse sono umili e semplici cose. La varietà, la bontà, la profondità della musa del Malinverni appariranno con maggiore evidenza da «Così al vento nelle foglie lievi…», volume che egli stesso aveva già preparato per le stampe e che si spera sarà pubblicato al più presto. Ma, se si può ripetere con Virgilio e col Pascoli che dilettano anche le umili tamerici, se, al dire di Dante, l'arte è figlia della natura e quasi nipote di Dio, l'opera creatrice si manifesta egualmente nelle cose più esigue come nelle più appariscenti.

Leghiamo quindi con amore nel presente volume le rime del Malinverni da lui dettate per l'infanzia: esse sono modeste espressioni della sua anima, ma valgono ad infondere sani e vitali principii di educazione, come quelle che parlano di santi affetti famigliari e di nobili ideali e in cui fanno capolino qua e là accenti patriottici e sociali. E non dovrà mancare per conseguenza questo libretto in alcuna scuola od in alcuna casa dove siano fanciulli.

Sinite parvulos....

Rosei bambini, bei bambini biondi,

siete il sol che ci scalda e ci ravviva

ne' vostri occhioni limpidi e profondi

troviamo ancora la nota giuliva,

rosei bambini, bei bambini biondi.

Non v'ha che un'armonia nell'universo;

delle vostre boccucce é l'armonia:

per essa buono diventa il perverso,

e ogni tristo pensiero fugge via......

non v'ha che un'armonia nell'universo.

Il vostro bacio e la vostra carezza

sciolgono il ghiaccio che ci fascia l'alma;

smussan gli angoli, tolgono ogni asprezza,

e alla fe' ci ritornano e alla calma

il vostro bacio e la vostra carezza.

Deh! le rose io non vegga scolorire,

bimbi, le rose della vostra faccia,

deh! non vi vegga in un letto languire

e intorno a voi non senta una minaccia.....

deh! le rose io non vegga scolorire.

Vaghi augelletti, non spiccate il volo,

state nel nido, state in mezzo a noi,

non ci lasciate nel pianto e nel duolo,

ne abbiamo tanto bisogno di voi.….

vaghi augelletti, non spiccate il volo.

Venite, bimbi, a noi, venite a frotte,

venite al nostro focolare intorno:

noi siamo il freddo, noi siamo la notte,

e voi siete il calor, voi siete il giorno.….

venite, bimbi, a noi, venite a frotte.

L'Albero Fiorito

A mia sorella.

I

Ricordi? – ricordiam, sorella, insieme

i giorni scorsi, i giorni omai lontani,

quando, tra il dubïar, fioria la speme

buona nelle nostre alme a render vani

gli assalti del timor, la speme buona

che persüade con accenti arcani.

Vedi, – dicevi –– e la parola suona

tua dolce ancora nella mente mia, –

quest'arbor vedi che tanta a noi dona

oggi messe di frutti e grata ombria?

Che lotta nell'inverno ebbe coi venti,

ebbe coi geli! – ma la stagion ria

passò, ed ecco ai caldi blandimenti

del cielo ingemma, e nuovi fiori e foglie

le rame sue rimettono: – i recenti

frutti la nostra mano avida coglie.

II

Egli…..(io lo vedo – tu lo vedi? – ancora

un tombolino alto così, un batuffo

soffice che di fresco latte odora,

con un musino attonito ed un ciuffo

biondo sul capo; – nebulosa, bruscolo,

larva, ominino, sì, tra il serio e il buffo,

incerto albore come di crepuscolo,

rimessiticcio della nostra pianta,

angelica farfalla in un minuscolo

involucro constretta:) ei tutta quanta

la casa empie di sè: or non c'è più

silenzio ed ombra, c'è qualcun che canta,

qualcun che razza e strilla e corre: tu

dietro a lui trepidando: ei s'accovaccia

come un micino e poi ti fa: cù–cù!

mentre l'arguta paffutella faccia

con le manine morbide nasconde

per poi buttarsi nelle tese braccia

«come l'augello in tra l'amate fronde».

III
Oh, veramente a noi tutti, Giovanni!
In lui quetammo l'anima dolente

nella memoria dei sofferti affanni:

per lui men triste parve la recente,

povera fossa, sopra cui piangea

la nostra Vita sconsolatamente:

per questa nova luce che sorgea

ancora a noi s'illuminava il mondo,

ancora l'avvenir santo arridea,

l'avvenir che venia quel sano e biondo

bimbo per noi tenendo chiuso in pugno….

Di rose che fragar, quel dì, giocondo!

spighiva il grano sotto il sol di giugno,

era nel verde e ne' fioretti opimo

il suolo, e uscian le caste api dal bugno

fervide all' appio, alla melissa, al timo.

IV

Quel ch'era verde e tenero germoglio

fatto oggi è pianta vigorosa e grande:

profonde ha le radici. e al sol l'orgoglio

delle foglie e dei fior libero espande,

dei fiori che una man candida e breve

un dì corrà per farne al crin ghirlande.

Sorella, e allora noi vedrem la neve

sui nostri capi e curveremo, stanchi,

l'anima e il corpo sotto il gelo greve;

ma sorridenti ognor, se a noi non manchi

l'ombria dell'arbor che io amo e tu ami,

a cui trarremo, oimè! tremuli e bianchi,

benedicendo a' suoi novelli rami. –

Ninna Nanna

Ninnananna! l'angiol mio

sorridendo chiude gli occhi:

me lo ha dato in dono Iddio,

e nessuno me lo tocchi:

son le gote latte e rosa,

la boccuccia sa di manna.....

l'angioletto mio riposa....

Ninnananna.

Ninnananna, fior d'aprile

da la tenüe fragranza,

mio tesoro, mio monile,

mia dolcezza, mia speranza.

Ah! non piangere; al tuo pianto

la mammina tua s'affanna.....

dormi, io veglio, dormi, io canto.....

Ninnananna.

Nido deserto

per la morte di Ornella

Lasciò l'augelletta il suo nido…..

nel nido due voci di pianto:

Ornella, non senti tu il grido

d'angoscia, – richiamo d'amor?…..

Tu voli,, augelletta di cielo,

in alto, nell'etere immenso…..

Ornella, nel nido che gelo!

nel nido che immenso squallor!…..

Non sente: l'invita una stella

con un palpitare di luce:

o mesti, la piccola Ornella

è fatta, sidereo splendor.

Il ritorno di una rondine

per la nascita di Mirella

Nei cuori, che tenebra densa!

negli occhi, che lacrime amare!.....

Il mondo?.... la vita?.... un'immensa

distesa di muto squallor.

Il mondo?.... la vita? .... una brulla

campagna: – non suon d'acque chiare:

il nulla, nell'anime, il nulla,

e despota insonne il dolor. –

Levate, o percossi, la fronte;

serbate la speme vivace:.....

già l'alba novella è sul monte,

la nuova giornata spuntò.

Ritorni la gioia sul viso,

nei cuori ritorni la pace,

schiudete la bocca al sorriso,

la bella fuggiasca tornò.

La rondine bruna alla trave

rïede; rïede al suo nido;

risona, ne l'äer, soave,

risona la nota d'amor.

È il suo, quel frullare dell'ale,

è il suo, quel festevole grido,

a cui, con un palpito eguale,

rispondono i vostri due cor.

O attesa, o invocata, o sperata,

o rondine bruna, Mirella,

sei pur giunta, o piccola fata,

o musica, o luce, o calor.

Ornate, o felici, la culla,

tornate alla dolce favella,

che i padri e le madri trastulla,

che fatta è di sillabe d'or.

La voce delle cose

Dicea stamane: – è ver; non v'ha più dubbio;

è proprio questo il giorno!

E il pensiero di lume splendentissimo

s'irradiava, e tutto a me d'intorno

nella quïeta e bianca illeggiadrivasi

stanzetta di fanciulla:

quasi un sentor di festa era nell'aere;

gonfio il cor palpitava, e intanto sulla

bocca saliva un'improvvisa musica

siccome fior da stelo:

quanta, quanta allegrezza entro dell'anima

quanto splendor nell'azzurro del cielo!

Dall'aperta finestra entrava un limpido

caldo raggio di sole;

per l'aperta finestra a me saliano

effluvî di mughetti e di vïole:

dall'alma tocca dolcemente al magico

risveglio delle cose,

dall'alma che bevea l'onda purissima

della luce e dell'aura, in amorose

cadenze espresso, s'elevava un cantico

a tutto quanto ha il mondo,

benedicente Iddio, le cose, gli uomini,

benedicente all'avvenir giocondo.

Che festa a me d'intorno nella camera

e che festa di fuori

Tutto avea voce e vita: il pesco e il mandorlo

facean gran pompa di foglie e di fiori,

e tra lor – così credo – sussurravano

vecchie storie amorose,

mentre che molle li baciava il zeffiro;

gigli di neve e damaschine rose

nell'attiguo giardino s'arruffavano,

mentre le pecchie d'oro

liete givan predando da' lor calici

il biondo söavissimo tesoro;

chiare stille piovean con lene murmure

nella marmorea vasca,

e un augellin provava una dolcissima

romanza, altalenando sulla frasca.

Voci e vita dovunque: il pesco e il mandorlo

diceano: – ti rammenti?

era l'inverno, era l'inverno rigido:

noi, si pugnava co' rabbiosi venti.

E le rose dicean, diceano i candidi

gigli: – ricordi ancora?

era l'inverno, era l'inverno rigido,

e noi passammo un brutto quarto d'ora.

Dicevan l'acque: – ci hanno il dolce murmure

soffocato i diacciuoli: –

e l'augel: – si spegneva in me ogni armonica

virtude ed ogni forza ai baldi voli:

ecco, ci scioglie dal torpore gelido

la pronuba stagione

col fiato che feconda, e i fiori tornano,

tornano i voli e torna la canzone.

Io rispondeva: – nell'inverno rigido

ho gli occhi faticato

sovra i libri, lontana dai giocattoli:

e n'ho letto, sapete, e n'ho sfogliato.

Ma, come voi lottando colle raffiche

di novi canti e fiori

sorreggea la speranza, a me nell'intimo

ridea la speme di ben altri onori:

la bella speme sorridea di giungere

una medaglia d'oro,

e, dolce premio di tante vigilie,

unico, vero, ineffabil ristoro

a cui pensando tutto tutto l'essere

si colma di dolcezza,

gli occhi paterni inondati di giubilo,

il bacio della mamma e la carezza!

Ripigliando il cammino

a Pippetto Oddone.

È la tua prima tappa:

mio Pippetto, ripiglia

fidente il tuo cammino.

Questa di tua famiglia

gente, che intorno a te oggi s'accoglie,

per te infiora, carissimo innocente,

della paterna casa

le benedette soglie.

Ripiglia il tuo cammino,

guardando all' avvenire.

È l'Uomo, pellegrino

che guarda innanzi ad un'incerta meta;

valica selve e monti,

qui si riposa, altrove si disseta;

scopre nuovi orizzonti,

sente intorno ruggire la bufera,

ma una pia stella, che lontan lontano

gli appare tra la nera

nuvolaglia, lo affida di sua scorta;

e i danni e il male del cammin sopporta.

Appare a te la strada,

che percorrere devi, benedetta

da fiori e da rugiada,

e illuminata da una doppia fiamma....

Fiamma che scalda il core

del babbo e della mamma

il santissimo amore!

Oggi non sai, ma un dì noto a te fia:

un Uom d'Italia, pellegrin d'amore,

che a tutti fu la Verità e la via

un Uom, a cui neppur lontanamente

alcun altro somiglia,

scrisse col sangue del suo cor fremente:

La Patria amate, amate la Famiglia. –

Pippetto, oggi è l'aprile

di tua stagion: nell'anima infantile

chiudi il monito santo e impara il nome

di Colui che l'Italia ai suoi destini

più fulgidi levò, solo: – Mazzini! –

Il Natale è per noi!

Questo giorno è per noi, tutto per noi:

la mamma, col sorriso suo più bello,

domanda: – mio piccin, che cosa vuoi?

uno schioppetto oppure un tamburello?

Intorno al tamburello e allo schioppetto,

se debbo dire il ver, resto indeciso;

ma una cosa su tutte amo ed aspetto:

che m'accarezzi e che mi baci in viso.

La mamma è furba, e sa legger negli occhi

vispi del bimbo il desiderio ardente:

ecco, mi piglia sovra i suoi ginocchi,

e il rumor di due baci, ecco, si sente.

Questo giorno è per noi: tutti ci danno,

e babbo e nonni e zii, chicche e trastulli:

oh! tristi quelle case che non hanno

oggi a mensa una schiera di fanciulli!

Al nostro cinguettio lieto ancor brilla

dei nonni il volto pensieroso, ancora

passa negli occhi mesti una scintilla....

essi – il tramonto – plaudono all'aurora.

Chiacchere di bimba

Dio!! che folla…. e ora, come cavarmela potrò?

darla a gambe?... vediamo: sì, proprio! – non si può:

di qua, di là, da tutte le parti chiuso; – non

c'è un varco per la piccola capinera: – ahimè! son

davvero in gabbia: –

ebbene, sia morta ogni viltà:

tu canta, capinera: – sarà quel che sarà.

Signore, a voi m'inchino, – m'inchino a voi, signori:

ah! se sapeste quanta festa nei nostri cuori,

vedendovi raccolti qui tutti a noi d'intorno

in questa sala, in questa scuola ed in questo giorno.

Poichè questo è il più lieto giorno di tutto l'anno.

Si diceva: verranno?..... Sì, sì, certo, verranno

tutti, tutte le mamme, tutti i babbi, e gli amici...

nell'allegria saremo noi buone, essi felici,

e cercherà ciascuna di noi un caro viso

e certi occhi che baciano e un ben noto sorriso,

e ciascuna farà sì che la festicciola

sia di lor degna e delle Maestre e della Scuola.

Pie Suore! – mani che sapete la carezza,

bocche aperte al sorriso, che ignorate l'asprezza

ed invogliate al bene con la parola accorta

che sprona dolcemente, persüade e conforta,

noi vi terrem nel cuore nei giorni più lontani,

bocche aperte al sorriso, pure e candide mani!

Oh! i giorni qui trascorsi da un desio solo unite!...

ramicelli, mettete le gemine, boccie, aprite

vi, fiori, fate pompa di olezzi e di colori,

spiccate, anime, il volo, mirate in alto, o cuori,

pari alla lodoletta che per più dilettanza

s'innalza al cielo della luce nell'esultanza.

Non v'aspettate mica, signori, grandi cose:

un po' di canto, alcuni versi alternati a prose,

un fragar di selvatiche roselline, un fruscio

di chiare acque tra l'erbe, d'implumi un pigolio,

uno schiarir di cielo in sul far del mattino.....

M'inchino a voi, signore, – signori, a voi m'inchino.

Per il compleanno d'un giovinetto

Oggi tutto che guardi a te, fanciullo,

sorride blandamente…..

Che cosa è il mondo? – Un immane trastullo

pel tuo sguardo innocente.

Per te, bimbo, il scenario

della vita non ha che caldi toni:

è lontano il Calvario….,

ovunque aspiri olezzi, odi canzoni.

Oh! fosse dato all'uom imporre: «arresta»

all'attimo che fugge!…..

Ma il tutto, sì com'onda, volve questa

forza che rode e strugge.

Ed all'inconscia etade

l'altra, che sa le amarezze, succede:

a poco a poco cade

il roseo velo….. e l'uomo, ahi!, tutto vede.

Felice quei che serba le man pure

nel fango che dilaga;

che, immacolato, fra tante sozzure

«sol di virtù si appaga».

Per te nei mondi lari

oggi il tripudio del convivio esulta:

ti fia, gli istanti cari,

dolce il membrar, nella stagione adulta.

Canzoncina di Natale

È una lieta canzoncina,

è una musica in minore,

tenue semplice carina,

che, va dritta dritta al cuore.

È come un gran pigolio

che fan tutte le nidiate:

va pel bosco quel gridio,

ne son piene le vallate:

gli uccelletti che la canta

no han di rose le boccucce,

hanno occhietti furbi e tanta

grazia, ma deboli alucce.

È una lieta canzoncina,

un po' antica, sì, un po' lieve.....

viene lenta..... s'avvicina.....

sa di freddo, sa di neve:

ma si scalda alla gran fiamma

che nel focolare splende;

e l'ascoltan babbo e mamma,

e negli occhi lor s'accende,

come un foco, una gran luce

(tenerezza? ... orgoglio?... amore?...)

che alle braccia lor conduce

il minuscolo cantore.

Nella casa mia risona

canzoncina natalizia,

di' che vuoi che a ogni persona

sia quest'ora tua propizia.

Torna a fiorir la rosa…..

Sul labbro scolorito

il bel vermiglio riede;

già già move spedito

l'irrequïeto piede,

ride la bocca, accennano

le mani allegramente,

ed a' lor cari ammiccano

gli occhi serenamente.

Che fu? – Passò una nube

gravida di minaccia:

sovra la guancia impube,

sovra la bella faccia

le rose illanguidirono,

stetter chinate e chiuse…..

ma il sol venne, e alle misere

vigor novello infuse.

Lascia che in questo giorno,

giovinetto gentile,

susurri a te d'intorno

anche il mio verso umile,

mentre che al babbo trepido

la mamma pensierosa

ripete, compiacendosi:

«torna a fiorir la rosa…..»

In cerca di una parola

Qual'è, qual'è la musica

più dolce e più gradita?

Chi me l'insegna? – Oh! Datemi

una nota fiorita,

piena di baci, d'affetti e di vezzi,

una nota che l'anime accarezzi.

M'han narrato che vagola

di notte un augelletto,

che racchiude dolcissime

note nel picciol petto:

che al suo mesto cantar commossi intenti

tacciono i boschi, i ruscelletti e i venti.

M'hanno detto che in epoca

da noi molto lontana

l'arpa di un re sugli uomini

avea una forza arcana,

che le sue corde, appena tocche, all'alma

più combattuta donavan la calma.

M'hanno detto che gli angeli

trasvolan per le vie

stellate, inebriandosi

di celesti armonie

e che intenti a que' suoni ed a quei canti

stanno, in dolce rapiti estasi, i santi.

Ahi! ma rubar la musica

dell'usignol chi puote?

Chi dell'arpa di Davide

le commoventi note?

Qual voce umana ragguagliar potria

quella che s'ode in ciel santa armonia?

Qual'è, qual'è la musica

più dolce e più gradita?

Chi me l'insegna ? – Oh! Datemi

una nota fiorita

piena di baci, d'affetti, di vezzi,

una nota che l'anime accarezzi.

Una parola datemi,

una calda parola

ch'abbia profumi e palpiti;

profumi di vïola

e palpiti d'amor vivo e sincero

per chi le fonti mi scoprì del vero.

C'erano spine e tenebre

folte sul mio cammino,

quando una buona, un angelo

disse: mio bel piccino,

da questa notte io voglio trarti fuori,

vieni con me dove c'è luce e fiori,

dove le note echeggiano

di giulive canzoni,

dove i bambini crescono

belli, ridenti e buoni,

e dove tutto quanto li circonda

d'amorosi pensieri emana un'onda.

Ahimè! la dolce musica,

ahi! la nota fiorita,

la parola che ha palpiti

ancor non ho ghermita.....

È gonfio il cor.... la sento... è qui... no, taci:

bocca, sinora non sai dar che baci.

Battesimo

Fu il vostro bimbo con l'acqua lustrale

battezzato nel nome del Signore;

io, nell'intima festa conviviale,

lo ribattezzo in nome dell'Amore

di quell'Amor che il condurrà per mano

tra le rose e le spine della vita,

di quell'Amor cui non ricorre invano

l'anima umana quand'è più smarrita.

Tutto è menzogna in questo mondo e orpello,

un tessuto di favole leggiadre…..

il vero è solo nel paterno ostello,

nel santo bacio d'una santa madre. –

Voci del Natale

Sovra gli animi si stende come un senso di torpore:

così sulle vette alpine cala un velo di candore.

Tace l'opra: – intorno intorno sta una calma accidïosa;

un nirvana occupa tutto quanto: il mondo oggi riposa.

Il mercante via sollecito non cammina alla bottega;

non ha moto la gualchiera, non ha stridi oggi la sega:

sin nel porto sì frequente pigre posano le navi,

pigre, al palpito dell'onda dondolando lente e gravi;

sin nel campo, che prepara nel suo sen la pingue arista,

non s'aggira il pio bifolco, come suol, pensoso in vista:

tace l'opra: – l'affannosa corsa umana oggi s'arresta:

poi, domani, ancora il rugghio, l'ira ancor della tempesta:

così, mentre il vento tace, posa l'Anima tapina,

poi, l'afferra l'infernale buffa con la sua rapina.

Pure voci cristalline, dolci come un'armonia,

per voi, triste e stanco, l'uomo scorda i crucci della via:

risonate ne' palagi, risonate nelle oscure

tetre ed umide soffitte, cristalline voci pure:

della speme ridestate gli echi spenti e dell'amore,

assopite in noi dell'odio l'empia fiamma e del livore:

da voi sulle anime nostre novo balsamo distilli,

come sopra inaridito fior freschissimi zampilli:

risonate, cristalline voci dei bambini biondi,

voi, rifateci migliori, voi, rifateci giocondi.

Così in notte oscura ed atra, così in tempestoso mare

si rinfranca il buon nocchiero se pia stella in cielo appare:

così in bosco silenzioso vïandante mesto e solo

la stanchezza oblia se il canto scioglie all'aure l'usignolo.

Deh! la vostra luce bella non si spenga innanzi sera,

deh! su voi, bimbi, non rugga mai la perfida bufera;

nè vi tocchi il nostro fango, la sozzura che dilaga,

bimbi, amor di Vittor Hugo, bimbi, amor d'Emilio Praga.

Mentre il ceppo nel camino crepitando arde e sfavilla,

che mai passa del buon vecchio nell'attonita pupilla?

mentre, i piè sovra gli alari, nella comoda s'adagia

poltroncina e con le molle rattizzando va la bragia,

a chi mai sorride il vecchio? che mai vede nelle lingue

fiammeggianti? che gli dice la scintilla che s'estingue?

che gli narra il cepperello, scoppiettando, in suo linguaggio?

Ei rïevoca degli anni suoi lontani il lieto maggio:

e s'affollano le imagini del passato tumultuando:

una dice: – ti ricordi?.... dice l'altra: – un giorno, quando....

e via via passano volti noti e cari e bionde chiome;

sulle labbra tremolanti del buon vecchio freme un nome;

tutto il bel passato, tutta la sua balda giovinezza

gli si affaccia un tratto: – forse, lieto maggio ancor olezza?

Ei sorride e accenna a quelle larve… ahimè! la bragia è spenta:

ei sorride….. accenna ancora.... poi – sospira e s'addormenta.

Le cose belle

per il bambino Ernestino Gromi

O Madre, son tante le belle

cose nel mondo; – le cose

che gli occhi riposano e il cuore:

son belle le stelle

che un mite splendore

ci piovon dall'alto del cielo;

le rose

superbe che sopra lo stelo

rosseggiano, e l'onda

che posa tranquilla

e palpita al sole e scintilla…..

Ma molto più bello è il sorriso

che illumina, o Madre, il tuo viso.

Dolcissimi suoni

si spandon per l'äer sereno:

gioconde canzoni

rampollan dal seno

dell'uomo, com'acqua da fonte:

la valle fiorita,

la vetta del monte,

la spiaggia del mare

risonan d'eterna armonia,

profonda infinita:

dal solco l'allodola s'erge

sull'ali, s'immerge

nel sole trillando, cantando;

il mesto usignolo

nel brolo

un canto dolcissimo piange:

è musica l'onda che frange,

la squilla che prega

coi lenti rintocchi dell'«Ave»,

che spiana le fronti e le piega…..

Io musica so più soave

ancora, che ha tutta la gamma:

– la voce di mamma! –

Dalla ribalta

Io parlo a voi, signori cortesi, e a voi, signore

buone, gentili, amabili, parlo a voi con il cuore

in mano ed alla buona, senza punta paura,

proprio come se fossi colla mamma, – sicura

che, come fa la cara, la dolce mamma, mia,

voi, fior di gentilezza, voi, fior di cortesia,

avrete per la povera bimba che ancor balbetta

un bel sorriso e molta benevolenza: – è detta? –

Dunque, io faccio a fidanza – nevver? – con tutti voi;

ma se avverrà (deh! non s'avveri) che v'annoi

il mio dir disadorno, la mia faccetta tosta,

vogliate proprio credere «che non s'è fatto apposta».

E, per dir proprio tutto tutto, dall'a alla zeta,

ero, di questi giorni passati, un po' inquïeta:

una sala, un teatro – pensavo – e dentro molta

molta gente, che in vita mia non vidi una volta

sola, e sulla ribalta sol io:…. se mi fallisce

la memoria?… può darsi!… Dio sa come finisce…

che figura!… che fiasco!… mamma, gli è vero, di',

che sono tutti buoni? – ma sì, ma sì, ma sì,

rispondeva la mamma, ma sì, figliuola mia,

non temere di nulla, studia la pöesia.

Come sempre, la mamma ragione ebbe, chè, appena

ho posto i piè sui tavoli della temuta scena,

illico et immediate scomparve la paura:

mi son sentita proprio bene e affatto sicura,

ho respirato un'aria satura d'affezione,

ho visto a me d'intorno tante brave persone

che ho pensato: gli è come se fossi in casa mia:

quanta benevolenza! ve', quanta cortesia!

che sorridere dolce!... Signori, (oh! non mi gabbo)

tal qual voi sorridete, sorridon mamma e babbo.

Pensare che con tanta splendidezza di sole,

venite qui a sentire... cosa? – quattro parole

male connesse e pessimamente recitate!...

grazie, o Signori, della mai più vista bontate,

grazie a voi, che sedete sovra quei seggioloni

e che siete (gli é inutile negarlo) buoni buoni.

Siam piccoli, ma pure noi, che ogni santo giorno,

ogni ora, ogni momento, sempre v'abbiam d'attorno,

noi, cui feste un ambiente tutto amorevolezza,

noi, pei quali ogni vostra parola è una carezza,

noi, che del vostro affetto le prove abbiamo in mano,

noi possiam dir che siete buoni – e negate invano.

Senza voi, si sarebbe cresciuti Dio sa come,

senza manco sapere scrivere il nostro nome:

si sarebbe venuti su su grandi, in balia

di noi stessi, travolti dal fango della via,

coll'animo intristito, coll'intelletto spento,

senza un palpito grande, senza un nobile intento,

vivendo una vitaccia miserabile e brulla,

senza saper di patria, senza saper di nulla,

chè la mamma ed il babbo, s'hanno da lavorare,

la mente e il cuor non possono de' figliuoli educare....

Mercè vostra, signori, lasciate che lo dica,

in alto fummo tratti da una virtude amica,

abbiam visto la fitta tenebria dileguare:

foste, a noi quasi naufraghi, voi, la stella del mare,

il porto ed il rifugio, l'ancora di salvezza;

per voi, da buone e care maestre a noi si spezza

giorno per giorno il pane dolce della scïenza,

per voi sappiam di vivere, per voi s'ha la coscienza

di ciò che siam, di ciò che un dì sarem, di quanto

v'ha nel mondo di bello, di nobile, di santo....

Signore gentilissime, miei signori garbati,

ho finito e mi pare tempo: – ma se annoiati

v'ha il mio dir disadorno, la mia faccetta tosta,

vogliate proprio credere «che non s'è fatto apposta».

Sempre uniti!

(per la Mutualità scolastica)

I vostri occhi si sono aperti ai miracoli che soltanto può affrontare l'intelligente unione delle forze di ognuno.

F. FAURE

Sul nostro cammino una luce

un astro, che prima non era:

col tremolio dolce seduce

d'un tratto la garrula schiera:

sei stella che schiera l'orrore

notturno? sei faro che guida

in porto? in te, vago splendore,

che cosa s'annida?...

Che cosa s'annida? – per quella

pia luce nei cuori deriva

un calcio, una fiamma novella

che i cor, sublimando, ravviva:

per quella pia luce alla mente

un vero immortale balena,

e ogni anima, subitamente,

sen fa più serena.

Illumina il nostro cammino,

tu faro, tu stella di cielo:

guardiamo a te noi, dallo spino,

noi rose, con palpito anelo.

Così, nelle fiabe, il viatore,

che vede un lumino da lunge,

oblia la fatica, fa core,

la meta raggiunge.

Che forza l'amore! l'unione

che forza, o compagni! – la mano

ci diamo con mutua affezione....

e andremo, se uniti, lontano,

poichè – giova dirlo? – la stella,

che appare con vivo splendore

sul nostro sentiero, s'appella

unione ed amore!

Compagno, tu vivi ed io vivo

per questo ricambio d'affetto

così, d'acque povero, un rivo

attinge al vicin ruscelletto,

e questo al torrente, e il torrente

al fiume, che dà l'onde al mare,

che in piogge feconde poi sente

la terra tornare.

Et in terra pax....

Quanta allegria sui volti! nei cuori, quanta pace

che sereno nelle anime! – ogni altra voce tace

che non sia di concordia, che non sia di letizia:

ai miti affetti è l'epoca dell'anno più propizia.

C'è un sorriso negli occhi di tutti oggi più buono:

il mortalmente offeso oggi è pronto al perdono.

Alla parola irosa la bocca è refrattaria....

gli è che c'è in tutti e in tutto qualche cosa (anche l'aria

n'è satura) che amore suggerisce e consiglia....

Quanta allegria sui volti! quanta pace in famiglia!

Il Natale è un bel giorno per tutti – pei fanciulli

è l'ideale: frutta, chicche, baci, trastulli,

libri ben rilegati con belle illustrazioni....

è una pioggia di strenne, è un diluvio di doni.

Se ne potesse avere di Natali un paietto!...

l'idea non è cattiva: piace a tutti, scommetto.

E come si sta bene vicini al fuoco e intorno

alla mensa imbandita! oh! il Natale è un bel giorno.

E quando i genitori leggon la letterina

che incomincia: mio caro babbo, dolce mammina...

e si fan rossi ed hanno i luccioloni agli occhi....

ah! per un tal momento darei... tutti i balocchi.

Prima della premiazione

Fu una notte d'insonnia: turbinavano

nel mio cervello cento strane cose:

eran trilli d'allodole,

eran profumi e petali di rose.

Inni alati, trofei, voci di gloria,

vivi colori e seriche bandiere

s'affollavan, passavano,

s'affollavano ancor sul mio origliere.

Appena l'occhio accennava a socchiudersi,

musiche dolci, mai più udite in pria,

d'un tratto sollevavano,

d'un tratto commovean l'anima mia.

Impazïente gettavo le coltrici

ed anelavo impazïente al giorno:

e tutto nella camera

una ridda ballava a me d'intorno.

Sull'alba, un po' di tregua: un leggerissimo

sonno sorvenne, e con esso la calma:

delle voci fatidiche

blandian l'orecchio, accarezzavan l'alma.

Dinanzi a me, senza posa, sfilavano

gravi austere figure, lentamente

all'occhio fiero e limpido

si scernea del pensier l'ala possente.

Eran color che la patria onorarono

molto oprando col senno e con la mano:

diceano: – è meta agli uomini

il poter dir: non siam vissuti invano.

Ecco la luce alfin, ecco il primissimo

raggio penètra nella mia stanzetta:

salve, o luce benefica,

o luce bella, o luce benedetta!

Lunghe notti d'inverno io vi dimentico,

che assonnate passai nel mio studiolo: –

questo giorno è un gran premio,

è un gran compenso questo giorno solo!

Oh! fa pur bene, fa pur bene all'anima

veder spianato il grave sopracciglio

del babbo, e con insolita

voce sentirsi dir: bravo, mio figlio.

Oh! fa pur bene la materna lacrima:

quante fatiche cadon nell'oblio

per quei nomi dolcissimi:

figlio mio, mia speranza, orgoglio mio!

Per molto tempo ancora deh! sorreggami,

babbo, il tuo plauso, e, mamma, la tua mano:

e forse un dì ripetere

anch'io potrò: non son vissuto invano!

Un' raggio di sole

Un bel raggio di sole stamattina,

appena ho aperto i rai,

attraversò la serica cortina,

e disse in sua favella: «a che ristai?

«Lascia le coltri; senti: quel tepore

«fa male, e quella calma

«intorpidisce, indi raffredda il core,

«tarpa l'ali all'ingegno, uccide l'alma.

«Vieni, bimbo, con me, corri all'aperto;

«ho una notizia a darti;

«vieni, vieni con me, bimbo inesperto,

«bimbo, fa cor, – non vo' mica ingannarti...»

E il bel raggio di sole come un matto

salterella qua e là....

m'accarezza, mi bacia, e – tutto a un tratto –

«oggi – dice – festeggiasi Papà!

«T'ho portato una bella canzoncina,

«e l'ho rubata ad una lodoletta

«che su in alto incontrai questa mattina

«mentre io venia giù in fretta».

Io mi levo, e: deh!, grido, deh! mi porgi,

bel raggio, la canzone....

ed ei mesto: «Peppino non t'accorgi

«di questo brutto e nero nuvolone?

«È il mio fiero nemico, ei m'odia a morte

«ei....» – d'un tratto spario

il bel raggio di sole – ahi! dura sorte,

e che dirò quest'oggi al babbo mio?

Va bene; – gli dirò – babbo, t'adoro –

nel mio gramo linguaggio....

oh! ma se avessi la canzone d'oro,

la canzone del povero mio raggio!....

La piccola mandataria

M'hanno detto: – Sei piccola

tu, ma sei disinvolta;

come una grande reciti,

hai la favella sciolta:

tu sorridi, gesticoli

con grazia e leggiadria....

dovresti dir.... la dici? –

– Cosa?... – Una poesia;

m'hanno detto gli amici.

E han soggiunto: – È Natale,

il tempo degli auguri:

ne fanno ne' palagi,

ne fanno ne' tuguri;

ne fanno i babbi, gli avoli,

i bambini, le zie,

i fratelli, gli amici,

in casa, per le vie....

e han soggiunto: – La dici?

Ho risposto: – Verissimo!

e v'ho bello e compreso:

i nostri cuori un palpito

abbian per quei ch'è inteso

al morale benessere

nostro, e ognor ci protegge,

(noi piccoli infelici!)

e i nostri passi regge....

ho risposto agli amici.

E ho soggiunto: È un dovere

sacrosanto, lo sento,

fare un augurio, un voto....

per esempio: – un momento:

qua, qua, raccapezziamoci,

suggeritemi, amici,

una frase, un pensiero....

«Tanti giorni felici!»

E ho concluso: – È un dovere.

Un pensiero al Nonno

La mia piccola testa

oggi è una selva piena

di trilli e di gorgheggi…..

Che gazzarra! che festa!

che musica serena!

che cavate! che arpeggi!

E il mio cuore è una chiesa

tutta piena di gravi

solenni melodie.

Oh! armonia mai più intesa!

note belle, soavi,

carezzevoli, pie!

E oggi a me intorno brilla

bello e superbo il sole

e l'äer puro olezza:

tutto ride e scintilla,

fioriscon le vïole,

il mondo è una carezza!

O mio nonno, vorrei

la musica del core

e i trilli del cervello

tradurre in questi miei

grami versi, – o cantore

esser come un augello,

e trillarti, trillarti

con rara maestria

la bella canzoncina,

e tutta rivelarti

l'affezïone mia

con la gola piccina.

Vorrei rubare al sole

il più caldo suo raggio,

all'aura ch'ho d'intorno

gli olezzi, le vïole

ai prati, e farne omaggio

nonno, a te in questo giorno…..

La più bella strenna

La strenna ch'io desidero, che mi colma di gioia,

non è, o mamma, in vetrina d'alcun negozio. – A noia

alla fin fine vengono tutti i trastulli, e poi

queste cose, siam giusti, non fanno più per noi. –

Oh! dunque un libro? – Certo un bel libro si affà

molto di più con l'indole mia, e gli studi, e l'età;

un libro di novelle, di storia, di costumi,

che descriva regioni lontane, e monti, e fiumi,

in pelle rilegato, con arabeschi, e fregi,

ed oro, e illustrazioni belle d'artisti egregi.

Ma, vedi, mamma, questa non è la strenna ancora

che su tutte desidero. – Oh! allora, figlio, oh! allora?...

Pei vetri, nella camera, penetra fioca fioca

la luce mattinale: giù, nella via, s'affioca

la gazzarra notturna: dalla vicina chiesa

allegramente suonano le campane a distesa:

è Natale: la mamma balza dal letto e tosto,

lieve com'ombra, viene al mio tettuccio accosto:

mi guarda, – io cheto: tutta curva su me, un sorriso

dolce sui labbri, baciami, baciami fronte e viso:

è una pioggia di baci, di baci e di carezze,

di voci susurrate, di sante tenerezze:

io, con le braccia attorno al suo collo, al suo volto,

bevo quei baci ed ebbro le sue parole ascolto:

fatto certo che tanta voluttà non è sogno:

– Questa è la strenna, esclamo, che sovra tutte agogno.

Mamma, il tuo bacio un giorno all'Uomo, al Cittadino,

varrà a lenire i triboli, le noie del cammino:

anch'io, certo, lunghesso la via da me battuta

corrò invidie e livori: ma l'alma combattuta,

siccome navicella trova rifugio in porto,

nel tuo seno avrà sempre refrigerio e conforto. –

Gli amori di una bambina

Gli amori d' una bimba: – a questo titolo

voi pensate di certo che i fanciulli

lo si sa che cos' amano:

le chicche ed i trastulli.

Voi v'apponete, – in parte: inver mi tentano

la gola certe cialde profumate,

confetti, bericocoli,

mandorle inzuccherate.

Vedo poi ne' negozi delle bambole

che paiono davver principessine....

han ricche vesti a strascico,

riccioli, nastri e trine;

boccuzza di corallo e gote rosee,

dicon mammà e papà, muovono gli occhi...

io ci rimango estatica

davanti a quei balocchi.

Oh! se una sola di quelle puppattole,

una sola, un bel dì m'appartenesse....

ah! non son per le povere

bimbe le principesse.

Ma che importa? versiamo i nostri palpiti

nell'opere di Dio meravigliose:

amiamo i gigli candidi,

le porporine rose,

il gelsomin stellato ed il garofano

ricciuto e la modesta vïoletta,

bei fiori che profumano

la nostra cameretta;

amiamo le farfalle, amiam le rondini,

che ai nostri tetti hanno affidato il nido

e al mattino ci svegliano

con affettuoso grido.

Ma che importa? tenetevi le bambole,

non vogliam neppur uno dei balocchi,

pur che sempre ci cullino

della mamma i ginocchi:

pur che sempre – buon Dio! – sempre ci serrino

le nostre madri agli amorosi petti,

non amian le puppattole,

rinunziamo ai confetti.

Amian chicche e trastulli? amian le provvide

maestre, che c'imparano il sentiero

della virtù e ci snebbiano

il core ed il pensiero.

Amian voi tutti, che con gara nobile

proseguite l'intento di Colei,

che per i bimbi poveri

volle giorni men rei:

amiamo il nostro ciel, la nostra Italia,

quest'äer pien d'olezzi e di malie,

questo mar che ci mormora

vecchie, arcane armonie....

Alla «Mamma di Mario»

I

Voi con mano pazïente,

cui l'Amor guida e avvalora,

voi gittate la semente.

Ah! non mai più bella aurora

promettea più lieto giorno

al disio di chi lavora:

e di bel sereno adorno

sulla vostra alma fatica

il ciel splende: a Voi d'intorno

(tal sia sempre, o saggia amica)

sta l'amor santo che tutto

vince «se ben si notrica».

Non sia che il mirabil frutto

mai per furia di passione

cada al suol vizzo o corrutto.

Degno di perfezïone,

quanto lece a mortal cose,

sia d'orgoglio un dì cagione

a Chi in lui speme ripose.

II

Venne Mario, – e parlò con infantile

grazia al memore amico:

benedetto il messaggio, e la Gentile

che l'invïava con affetto antico.

Parve al cor del poeta quasi raggio,

vivo raggio di sole, il messagero....

benedetto il messaggio,

figlio gentile di gentil pensiero.

Un dì Parini (al Sommo oggi a me lice

nella ventura, sol, paragonarmi)

offria all'«inclita Nice»

in cambio d'un messaggio incliti carmi.

Sgorga da tenue vena

il rivoletto de' miei versi: – a Voi,

povero d'acque, mormorando appena,

porta il tributo degli umori suoi.

(1900)

III

Porti il nuovo anno nuove gioie al cuore

della Madre, che sa l'ansie e la speme

«guardando nel suo Figlio con l'amore»

ch'ogni altro amor repreme.

In lui, di chi soltanto ella si piace,

trovi la fe' che addolcia ogni lavoro:

tal, vïator in acqua di vivace

fonte trova ristoro.

E il frutice gentil, a cui d'intorno

ella s'adopra con esperta mano,

campeggi alto e di fior mostrisi adorno

in tempo non lontano.

(1904)

IV

Da Voi, Gentile, con vena fluente

deriva il verso, e amor santo di Madre

gli dà splendor, unito a sapïente

magistero, d'immagini leggiadre.

Lunge da Voi, lunge dal figlio l'adre

nubi ed i giorni del dolor squallente:

il figlio vostro, tra le nuove squadre,

vigoreggi nel queto orto tepente.

Vigoreggi nel queto orto, nel sole

del vostro amor, nell'onda fresca e pia

(insazïato bea) delle parole

vostre che tutta san del cor la via,

come d'alto cadendo un'acqua suole,

risonante con limpida armonia.

V

Tu spiega il volo, allodola

che di luce t'innebbrii e d'armonia,

trilla e spazia nell'aere

come la giovinetta alma desia.

Io stanco e triste l'ali,

cui falliva la meta luminosa,

ripiego, e te, che sali,

guardo augurando, l'erta dubïosa.

Possa un giorno tu attingere

l'altezza che n'attrae, nella gioconda

e pura luce immergere

l'anima ch'ora s'alza sitibonda.

Della mamma l'amor – l'unico vero –

te sorregge per via.....

io pongo un vivo sovra il tuo sentiero

fiore di pöesia.

Mattutino

Primo a svegliarmi è un suon lento di squilla

che scende giù dall'ermo colle e via

via si propaga per l'aura tranquilla

dicendo in suo tenore: Ave Maria!

E s'aggiungono a lui, presso e lontano,

tosto altri suoni d'altre squille, e sento

nelle piazze un brusio: sento: è l'umano

lavor che si ridesta e l'ardimento.

Intanto, ecco, di bel sereno adorno,

a poco a poco il ciel vedo schiarire,

e, poeta gentil del novo giorno,

la lodola, cantando, alto salire.

Per l'aperta finestra l'allegrezza

a me ne vien del primo, primo raggio,

mentre amorosa movesi ed olezza

impregnata dai fior l'aura di maggio.

Vengono a me, di tra gli olenti rami

degli alberi, di tra i fioriti spini

della siepe, gridii, voci, richiami,

di passeri, di cincie e cardellini:

salgono a me di rose e di vïole

fragranze sulla lieve ala de' venti;

rompe tra i sassi un rio, siccome suole,

con lene suon di chiare acque fuggenti:

ogni borgo s'allieta ed ogni villa,

corre un fremito su per l'aspre vette:

lontano il mare palpita e scintilla

«per l'altrui raggio che in lui si riflette».

E mentre l'occhio bee questa esultanza

avido, e l'alma in essa si riposa,

una voce sonar nella mia stanza

odo: – mia madre! – e a lei corro festosa. –

Tra le pareti domestiche

Come è bella la calma,

la pace del Natale!

Quanta dolcezza scende oggi nell'alma,

nell'alma che sull'ale

dorate dell'Amor poggia e vïaggia,

e atomi d'Amore ovunque irraggia!

Domestiche pareti,

tanto care a chi mai

v'abbandonò, – testimoni discreti

de' giorni mesti e gai,

caldo sospir di chi in lidi lontani

è trascinato dagli eventi umani,

oh! quanto oggi voi siete

maggiormente dilette

piene di voci affettüose e liete:

in maggio, le selvette,

che il nuovo sole rinnovella e scuote,

risonano così d'allegre note.

Intorno al focolare

s'aduna la famiglia

rievocando le sembianze care:

bagna, è vero, le ciglia

al pio ricordo, – pur sente che l'alma,

pianta e invocata, aleggia in quella calma.

Non vi sia chi nel seno

odio o livore accolga:

come un ciel senza nubi, sia sereno

l'aspetto: – Iddio deh! tolga

che dell'ira il balen passi negli occhi

e la bestemmia dalle labbra scocchi.

Al povero che piange

alcun non sia che dica:

vanne, la tua miseria non mi tange:

pronta la mano e amica

corra al soccorso e stilli sulle genti

(disse il Parini) i più soavi unguenti.

Al figlio che l'aspetta

venga la tua carezza,

la tua carezza, o madre benedetta,

che mi calma d'ebbrezza

e di fior sparge la difficil via…..

dolce carezza della madre mia!

Dopo i cinque anni

per Agostino Oddone

della Scuola «Ambrogio Spinola».

È bello, dopo un tempo di fatica, di studio,

di vigilie protratte, d'ansie, questo tripudio,

che, quasi brezza satura di profumi rapiti

con ala leggerissima ai verzieri fioriti,

passa nei petti giovani, brilla negli occhi intenti

(han sorrisi ed han lacrime) di maestri e parenti.

Oh! quante volte cadde pesa la testa sopra

il quaderno ed il libro: ma tosto: «all'opra! all'opra!

– mi gridava una voce – caccia l'inerzia; è loglio

da sradicare: Alfieri dicea: – ricordi? – voglio!

Sta nel fermo volere la virtude segreta,

per la quale s'arriva la desïata meta».

Risonava la voce dura come rampogna:

io mi dicea, scotendomi: – Agostino, vergogna.

Vagheggian babbo e mamma per te premi ed onori;

oh! per te non s'attristino quei due teneri cuori:

e allor sentia nell'alma, nei polsi, nella mente

un fervor di lavoro, di studio, prepotente;

e intravedea, mettendomi con raddoppiata lena

a tavolino, il gaudio di quest'ora serena.

Pur, quest'anno, d'amaro vi si mesce una stilla:

o scuola «Ambrogio Spinola», o mia scuola tranquilla,

che ho imparato a conoscere, che ho imparato ad amare

sì come un'altra propria mia casa: o dolci, o care

memorie, a queste mura legate, o direttore,

o maestri, o compagni, che tanto nel mio cuore

tesoro inalienabile deponeste d'affetto,

che educaste lo spirito ed al chiuso intelletto

rivelaste la fonte di quella diva luce

che del Vero e del Bello al conquisto conduce,

quanto nel petto accolgo nel dirvi: addio! dolore:

è uno schianto dell'anima, è un singhiozzo del cuore,

è un tumulto ineffabile, è d'affetti una piena,

che turba il puro gaudio di quest'ora serena!

Un giorno, cittadino non inutile, spero,

onesto nell'azione, candido nel pensiero,

io trarrò (del futuro la mente si compiace)

a queste mura come a sacro asilo di pace:

deporrò sulla soglia quanto dal mondo si ha

di men puro: verrò ricco di Verità:

a te, maestro, il bacio darò riconoscente,

a te dirò: – diè sani frutti la tua semente.

Due affetti

Amo la nonna mia gentile e buona,

la mia nonna che è tutta tenerezza,

la sua voce che all'anima risuona

söavemente e pare una carezza….

amo la nonna mia gentile e buona!

Voglio vederla sempre a me vicino

la mia nonna e sederle sui ginocchi;

e che mi chiami «il suo caro Peppino»

e mi colmi di baci e di balocchi…..

voglio vederla sempre a me vicino!

Amo la nonna mia, le sue canzoni,

le sue storielle piene di leggiadre

fate che premiano i fanciulli buoni

e li riportano alla loro madre…..

amo la nonna mia, le sue canzoni!

Ed amo te, bellissima bambina,

dagli occhi dolci o dai morbidi ricci;

t'amo perchè sei buona e sei piccina,

piena di vezzi e piena di capricci….

ed amo te, bellissima bambina.

Oh! che sempre nei gaudi e nei dolori

possa sentire la vostra favella!

e ritrovi i sorrisi, i baci, i cuori

della mia nonna e della mia sorella

sempre, nei gaudi, e sempre, nei dolori!

Parola Eterna

Ei la dice, – e tosto un fremito

novo corre per le genti,

tosto un nodo indissolubile

stringe miseri e potenti:

tutti sentonsi fratelli

nell'Amore che li desta:

non compaia, non favelli

l'odio in mezzo a tanta festa.

Ei la dice; – è tale il fascino

di quel detto, che suade

l'alme più riottose e torbide:

tace il cruccio e vizzo cade

come foglia che ingiallita

si distacca dal suo ramo:

sale quasi inavvertita

una voce ai labbri: – t'amo.

Dietro a Lui si affolla il popolo

dietro a Lui che amore parla:

quella man che tocca i parvoli,

quella man voglion baciarla;

corre ognuno ai suoi precetti

come a fonte d'acqua pura:

dice: – amate i poveretti:

dice: – amate la sventura.

Gli uni agli altri la ripetono

la parola che discende

pia rugiada dentro l'anima

e d'Amor tutta l'accende:

nelle piagge più remote,

oltre i più lontani mari,

suonan pur le dolci note,

parlan pur gli accenti cari.

E le genti si succedono

come flutto dietro a flutto,

ma la gran parola sfolgora

sovra tutti e sovra tutto:

quasi in mole di granito

che non teme l'onda alterna,

santo Amor, fosti scolpito,

santo Amor, parola eterna!

Non per tutti…..

Fanciulli a cui fu amica la fortuna,

fanciulli paffutelli e rubicondi,

che i sonni vostri affidate a una cuna

di seta e d'oro, – fanciulli giocondi,

che il vigile materno occhio protegge,

cui la cruda invernal brezza non punge,

ai quali è ignota ancor l'iniqua legge

che ci governa e l'uom dall'uom disgiunge,

pei quali il mondo è una promessa lieta,

una terra che dà fiori e diletti,

dove i fanciulli tutti veston seta

ed hanno baci e carezze e confetti,

il Natale è per voi: – ne' vostri occhioni

passano in questi giorni, o miei fanciulli,

lunghe meravigliose visïoni

fatte di chicche e fatte di trastulli.

Voi sorridete, il veggo, ad una bella

puppattola che tiene Farisoglio,

a un cavalluccio voi e a un pulcinella…..

anzi, la scelta vi mette in imbroglio.

Il Natale è per voi: – certo domani

tutti avrete il denaro della noce:

io già preveggo i salti e i battimani,

le allegrezze degli atti e della voce.

Il Natale è per voi: – ah! non per tutti

i bimbi come voi. – Sonvi più molti

(nè voi sapete) laceri, distrutti,

ischeletriti, dai pallidi volti,

che non sanno i sorrisi e le carezze

della mamma, che vagan per le strade

adocchiando qua e là nelle immondezze,

che non han da coprirsi quando cade

o pioggia o neve, e non hanno un guanciale

nè un tetto, nè un pan certo. Oimè, per quelli

non ha lusinghe il giorno di Natale:

han fame e freddo, poveri monelli!

E vi passan d'accanto intirizziti

(nè v'accorgete) e guardano con occhi

pieni d'attonitaggine i vestiti

vostri sfoggiati ed i vostri balocchi:

pieni d'attonitaggine. – Che sanno

essi, al pari di voi, del privilegio

brutto ed iniquo? – ma certo un altr'anno

pieni d'invidia, d'odio e di dispregio.

La pianta deh! non metta le radici

dell'invidia dell'odio e del disprezzo;

deh! chiamateli a voi quelli infelici,

quei derelitti, e con lor fate a mezzo.

Chiamateli, o fanciulli, e poi con loro
partite il pane, il vino ed i balocchi:
certo in quei petti c'è un'anima d'oro,
c'è dell'affetto dentro di quelli occhi.
C'è dell'affetto ed a far bella mostra
non aspetta e non chiede che una sola
cosa: – un'amica voce. – Oggi la vostra
bocca pronunci la dolce parola! –

Un anno dopo

Mi par ieri! – addobbata tutta a festa la sala,

com'oggi, e noi bambini tutti messi in gran gala.

Là dirimpetto, sovra quelle stesse poltrone,

sorridendo, aspettavano quelle stesse persone:

e noi col costumino dell'asilo, pulito,

ci pavoneggiavamo qui, nell'istesso sito!

Le maestre affannavansi intorno a questa e a quella

ad una il grembiulino, a un'altra la gonnella

o i ricci accomodavano con cura, con amore....

e maestre e bambine, tutti, un gran batticuore.

Poi si fece silenzio, come adesso, tal quale.....

oh! ricordo benissimo: – le cocche del grembiale

ho sciupato cercandovi..... quello che poi non c'era.

Che momento! ma basta, spiccato ho la carriera.

Dapprima le parole venivano a rilento,

ma via via s'incalzavano. – Signori, che momento!

Ho visto, ed anche voi visto avrete sovente,

d'estate, per esempio, quando là da ponente

s'alza la nuvolaglia che a poco a poco il cielo

quant'è largo d'un funebre copre ed immenso velo,

dopo il guizzo dei lampi e de' troni il baturlo,

che strappano ai bambini päurosi un grand'urlo,

cader le prime gocce larghe come soldoni

e rade – e finalmente giù coi lampi e co' tuoni,

una pioggia, un diluvio, un rovescio….. E tal quale

successe a me….. sciupando le cocche del grembiale.

Dapprima le parole venivano a rilento,

indi a furia, con foga – d'un tratto lo sgomento

era scomparso: i versi danzavan nella mente,

calavan dalla bocca, direi, naturalmente!

E non una battuta d'aspetto: – li filai

tutti da cima a fondo. – I versi erano gai,

erano un vero e proprio pissi pissi d'augelli;

a me diceste: – brava! ed a quei versi: –– belli!

Mi par ieri! – ed un anno è passato: – di nuovo

ecco che innanzi a voi, Signori miei, mi trovo;

ecco che debbo dire dei versi un'altra volta,

e far molto a fidanza col pubblico che ascolta.

Eh! lo so che gli è un pubblico affatto ben disposto,

eh! lo so che applaudirmi volete ad ogni costo.

Lo vedete? si ride, ed uno dice all'altro:

se tanto mi dà tanto, con quel musino scaltro,

con quelli occhietti furbi, con quel far birichino

la mi diventa un pezzo….. di cacio piacentino.

Gli è un altro par di maniche quest'anno. L'anno scorso

mi prestai gentilmente. – Vo' dire che il discorso

fu, è vero, mia fatica tutta particolare,

ma in quanto a premii, niente – vedere e non toccare.

Ma quest'anno….. quest'anno vedo in quel cabaret

un premio finalmente, Signori, anche per me.

Carpire il premio e correre tra le materne braccia,

«nel sen che mai non cangia» nascondere la faccia,

veder di gaudio accesa quella santa pupilla,

formarsi e per le gote discendere una stilla

di pianto söavissima, spremuta dall'affetto,

sentire il cuore a battere concitato in quel petto,

e quella man tremante carezzarvi le chiome,

quella bocca ripetere, gioiendo, il vostro nome,

mentre cerca con ansia, come avida e assetata

la vostra bocca, e udirsi chiamar: figliola amata,

solo ed unico bene, tesor, gioia, speranza…..

Oh!, Signori, è dolcezza ch'ogni dolcezza avanza.

Signori miei, quest'anno voi mi mandate via,

ma starà sempre sempre con voi l'anima mia,

col pensier verrò spesso, verrò ogni dì tra queste

mura che mi ospitarono tanti anni. – Anime oneste

qui trovai del mio bene pensose ed occupate;

nè per mutar di luogo, nè per mutar d'etate

potrò scordarle. Qui mi si dieder l'ale

per arrivare in alto, vicino all'Ideale.

Se lungo il mio sentiero troverò alcuni fiori,

saran per voi, Maestre, saran per voi, Signori!

Dinanzi a una culla

Oggi hai l'anno, non più: ma un giorno (quando

io sarò….. dove?..... chi lo sa?..... nel nulla)

leggerai questi, ch'io scrivo pensando,

poveri versi, alla tua bianca culla.

Oh! s'avverino tutti i sogni d'oro

che scendono a ninnare il tuo riposo:

lungi il dubbio da te, ond'io m'accoro

e ognor d'altri e di me vivo sdegnoso.

Sui labbri tuoi, come in proprio terreno,

fiorisca il riso animallegratore,

e germogli nel tuo candido seno

la pianticella santa dell'amore.

Per te sia lieta la casa paterna,

per te la casa dove sposa andrai:

in questa e in quella tu, fida lucerna,

spandi il conforto de' tuoi casti rai.

Il più bel fiore

Bella è la rosa: – elevasi

superba sullo stelo;

è tra i fior come Venere

fra l'altre stelle in cielo:

grato è quel che sprigionasi

da' suoi petali olezzo;

il crine se ne adornano

le fanciulle per vezzo:

poi che la rosa è simbolo

di piacere e d'amor…..

Eppure io so d'un più leggiadro fior.

Bella è la rosa: – paiono

di mattino, a vederle,

della guazza le gocciole

tra le sue foglie perle:

denaro al nettareo calice

sugge l'ape ingegnosa;

la farfaletta vagola

lieve su lei si posa:

poi che il bel fiore è simbolo

di piacere e d'amor…..

Eppure io so d'un più leggiadro fior.

Bello è il giglio: – dal niveo

suo sen, come da fiala

dissuggellata, tenera

una fraganza esala.

«È un bianco giglio» dicesi

della fanciulla pia:

di bianchi gigli adornasi

l'altare di Maria

poi che il bel fiore è simbolo

d'innocenza e candor,.....

Eppure io so d'un più leggiadro fior.

Bello è il gesmino candido,

e il rosëo giacinto,

e il ricciuto garofano

gaiamente dipinto:

di vellutata fronda

l'amarilli si vanta,

ognun la vereconda

vïoletta decanta,

la vïoletta simbolo

di verginal pudor.....

Eppure io so d'un più leggiadro fior.

E dove ei cresce? – Al pallido

sole sboccia autunnale,

o al bacio delle tiepide

aure di Floreale?

Ama dell'acque il murmure

giù per vallone fosco?

o è fior di prato? o esotico

fiore? o fiorin di bosco?

qual'è de' molli petali

la forma ed il color?

E quale ha nome il più leggiadro fior?

Il più bel fior dall'anima

affettüosa sboccia:

ogni fogliuzza morbida

ha di sangue una goccia,

non ha la vita effimera,

e ha un profumo divino;

ei nelle dotte pagine

non ha un nome latino:

Riconoscenza appellasi

e si nutre d'amor…..

È questo, è questo il più leggiadro fior.

Nella infantile, tenera

nostra anima giulia,

esso – o dolce miracolo!

la sua corolla apria.

Dalla tua man benefica

(mano di pio cultore)

la sacra zolla fendesi…..

ecco ne balza il fiore:

tu a lui rugiada e vivido

raggio fecondator.....

E noi t'offriam questo leggiadro fior.

Bimba che muore

I

Era bionda, sottile e delicata,

una fragil cosuccia, un angioletto;

amava tutti e da tutti era amata,

e mi solea chiamare «il suo Carletto».

Avea il sorriso d'un'alma bennata,

avea negli occhi un tesoro d'affetto:

ben poche volte l'ho vista sdegnata

battere in terra i piedi per dispetto.

La sua bianca, diafana manina

avea per tutti quanti una carezza,

e il suo labbro una dolce parolina.

L'ira sbolliva per la sua dolcezza....

era un raggio di sol quella piccina

nella mia triste e scura giovinezza!

II.

Ma un giorno la sua bionda testolina

tra i guanciali l'ho vista sprofondata;

non mandava un lamento la bambina,

ma si vedea ch'ell'era estenüata.

Senza smorfie prendea la medicina

che le porgea la mamma addolorata;

e con un fil di voce: «O mia mammina,

non piangere – dicea – son risanata.

Non piangere così, mamma, suvvia;

vedi, il tuo pianto mi fa molto male…..

non vo' mica lasciarti, anima mia…..

voglio dormire….. oh! che sonno m'assale...

tu bada che nessun mi porti via,

mamma….. e ricadde morta in sul guanciale!

Per l'album d'una giovinetta

A te voli il mio verso piccioletto,

– oh ! fortunato e quanto! –

s'innebbrii nel profumo del tuo petto,

del viso nell'incanto,

e si commova in santa gloria umile,

quando il tuo volgi a lui guardo gentile.

L'olezzo vorrei dar della vïola

al mio garrulo verso,

che una musica fosse ogni parola

vorrei, polito e terso

che a te venisse e pieno di splendore,

che ti parlasse, o giovinetta, al core:

che sapesse trovare parolette

nove e dolci, di quelle

che fanno sdilinquir le giovinette,

le giovinette belle,

che hanno potere di fugar la noia

e mettere nei cor canti di gioia:

che, svelto e allegro come un canarino,

ogni giorno, all'aurora,

ti portasse il saluto mattutino,

e, quando si scolora

il mondo e si riposa e non s'affanna,

ti venisse a cantar la ninnananna.

Vorrei che allor che sulla giovin testa

la nuzïal porrai

ghirlanda, e dentro il core la tempesta,

ch'amore accende, avrai,

in mezzo ai caldi augurî degli amici

sonasse il verso mio: – siate felici! –

Intanto vanne, verso piccioletto,

– oh! fortunato e quanto!

t'innebbria nel profumo del suo petto,

del viso nell'incanto,

e ti commovi in santa gloria umile,

quando il suo volge a te guardo gentile.

Mater dolorosa

Oh! quante sul tuo piccolo

capo ricciuto e biondo

belle speranze a tessere

si fea la mamma: il mondo

intero compendia vasi

negli occhi tuoi, nessuna

altra cura ella avea,

vicino alla tua cuna

solo si compiacea.

Il mio piccolo Mario,

– ella diceami un giorno –

veda, mi par bellissimo,

e, se mi guardo intorno,

(la prego a non sorridere)

io non vedo un bambino

che come lui sia bello:

non è forse carino?

non sembra un angiolello?

E intanto affaccendavasi

attorno a una cuffietta,

a un vestitino candido,

ad una camicietta:

e soggiungeva: – a credere

davver non so piegarmi

ch'esser debba a vent'anni

chiamato sotto l'armi,

vestir possa altri panni.

Povera madre! Furono

i tuoi sogni interrotti;

giorni mesti seguirono,

lunghe vegliate notti:

curvata sul tuo bambolo

sovra la culla, il viso

con ansia ne scrutavi:

oh! il suo gentil sorriso

ch'io rivegga, – pregavi.

Povera madre! È inutile

ogni prece, ogni cura:

t'ha toccata la gelida

ala della sventura.

Intendo: è duro scorgerlo

a quel modo languire,

consumar dramma a dramma,

or che potea capire

l'affetto della mamma.

Oh! che strazio indicibile

il dì che muta, senza

pianto, accennò la camera!

Io le dissi: – pazienza!

E entrai: Mariuccio il candido

suo vestitino avea,

e fiori tutt'intorno:

riposarsi parea

dai sollazzi del giorno.

Allora e adesso

Nonna, ricordi quand'ero piccino?

non t'arrivavo manco dalla mano:

modestia a parte, ero un gran birichino...

oh ! ma quel tempo è lontano, lontano.

Allora, stavo buono ed ero lieto

quando tu mi portavi dei balocchi;

e perchè non piangessi e stessi cheto

mi facevi dormir sovra i ginocchi.

Ora, son grande, – sono un giovinetto

che sa di greco e sa di latino;

ma t'amo sempre dell'istesso affetto

e son felice se ti sto vicino.

Ora, li ho messi da parte i balocchi

e un buon libro mi piace assai di più,

ora, non salto più su' tuoi ginocchi,

ma t'offro il braccio e vi ti appoggi tu.

E tu, ricordi tu come, o sorella,

allora si giocava spensierati?

Che schiamazzar, – te ne rammenti? – in quella

stanzuccia ove ci aveano confinati!

C'era di tutto un po': c'eran schioppetti,

c'eran spade, tamburi ed arlecchini,

cavallucci spellati, zuffoletti,

bambole, cincischiate e soldatini.

Che ammirazione nei piccoli amici

pe' miei spadini e per le tue puppattole.

E come noi ci sentivam felici

in mezzo a tutte queste carabattole!

Rammento un giorno: giorno di tristezza:

la prediletta tua bambola a un tratto

– chi sa come? – ti cade ed – ahi! – si spezza

e in cocci il capo ricciutello è fatto.

Fu un grido, un urlo lungo disperato

che dalle nostre uscì bocche di rosa:

poscia impietrito a te rimasi allato,

che parevi una mater dolorosa.

Accosciata per terra, singhiozzando,

tenevi in grembo quei miseri resti;

e tremavi a battuta, e a quando a quando

levavi su di me gli occhi tuoi mesti.

Allor, per consolarti, io dissi: – senti,

fatto grande, il prometto, te ne voglio

comprare una più bella; ti contenti?

l'ho vista, sai, da... – e tu: – da Farisoglio.

Fede e Speranza

Alla piccola Maria Oddone.

Maria, la vita è un albero

cui vento urta e affatica,

ma la sostien nell'impeto

una virtude amica,

se ben la implora l'anima

con Fede e con Speranza,

e in Lei s'appunta vigile

con lunga disïanza.

Tu, come giglio candida,

tu, come giglio pura,

porti nel cor di vergine

la forza ch'assicura:

ecco, negli occhi, vivida

scorgo la Fede, e insieme,

siccome in fresca e limpida

linfa, la bella Speme.

Quasi inutil giocattolo

non mai la Fe' s'infranga,

e ognor dentro dell'anima

la Speme a te rimanga:

per esse lungo il tramite

tra le marruche e i rovi

un fior la tua man piccola

forse avverrà che trovi.

Non accoglier lo spirito

che nega in tuo pensiero:

t'alza, siccome allodola,

sempre all'Eterno Vero, –

tu, che nel sen di vergine

la forza hai ch'assicura,

tu, come giglio candida,

tu, come giglio pura.

Una promessa

Signori, - concedetemi due minuti, due soli

minuti.... già, gli é inutile, siamo i vostri figliuoli,

e possiam pienamente con voi fare a fidanza:

per questo, mi presento con un po' di baldanza.

Io conosco i miei polli: - ridete? - gli è un buon segno,

è già molto, e di molta benevolenza è pegno.

Io, per esempio, quando (dico neh! ma a quattrocchi

che il gioco non si scopra) quando vo' de' balocchi,

e la mamma ed il babbo stanno un po' sul tirato,

dicendomi (che scuse magre!) «te n'ho comprato

uno che non è molto, divertiti con quello»,

io cheta, io non insisto; ma adagino, bel bello

studio di farli ridere (zitti, mi raccomando,

che il giuoco non si scopra, se no son morta) e quando

aprirsi a un bel sorriso vedo la loro bocca

per qualche mia scappata, penso: bazza a chi tocca!

da Norimberga un treno m'arriva di balocchi....

ripeto: - queste cose sono dette a quattr'occhi. -

Io conosco i miei polli - parrà presunzione

bella e buona per una che appena, si può dire,

spiccica le parole, disinvolta venire

ad arringare, tante brave e colte persone;

della presunzione c'è tutta l'apparenza,

ma l'apparenza inganna sovente, e non è senza

una base ben solida e un buon convincimento

se con tanta fiducia, Signori, io mi presento.

Io so, qui sta la base, qui sta la convinzione,

io so, lo sappiam tutti per più d'una ragione,

che il nostro chiacchierio vi rïesce gradito,

che vi carezza l'anima, vi carezza l'udito,

che per virtù del nostro sconnesso chiacchierio

le mille e mille cure voi ponete in oblio:

di fatto, quando un grave pensier vi turba l'alma,

chi alla pace e al sorriso, chi vi torna alla calma?

un nostro bacio, un nostro detto, un nostro capriccio,

la nostra gota rosea, il nostro biondo riccio.

Di fatto, quando state forse per maledire

tutto, e per dubitare dell'uom, dell'avvenire,

chi vi dà un po' di fede, vi concilia col mondo?

la nostra gota rosea, il nostro riccio biondo.

Or ben, Signori, farvi vogl'io, bimba settenne,

una promessa bella sovra tutte e solenne,

che più assai d'ogni musica, più assai d'ogni carezza

abbia per voi miracoli, fascini di dolcezza;

in virtù della quale vi passi nella mente

un'ammalïatrice visïon risplendente,

a cui fissiate il guardo come i Magi alla stella,

a cui diciate: arrestati, arrestati, sei bella!

un'ammalïatrice visïon che vi mostri

l'Italia forte e ricca mercè i figliuoli vostri,

un'Italia che getti torrenti ampî di luce

sulla via che al progresso e all'avvenir conduce.

Nè miglior guiderdone, nè ricambio migliore

dar potremmo alle vostre cure ed al vostro amore:

– la promessa di crescere devoti al santo Vero,

sempre l'anime bianche, sempre casto il pensiero,

ad un motto «il dovere» tener fisse le ciglia,

aver due culti in core: «la patria e la famiglia».

Vendi fiammiferi

Due per un soldo! Ne vuole il signore?...

– Dammene quattro e scelte: hai guadagnato

molto quest'oggi? – Molto? son dieci ore

che vo attorno; ecco qui quant'ho toccato.

Gli è un mestieraccio, creda, ci si muore

di fame; ma che fare?... in questo stato?...

– oh! poveretto! il tuo nome? – Vittore;

però, tutti mi chiaman «lo Sciancato».

– E sei solo? – Purtroppo! se la prese

il Signore la mamma; e anche l'Annuccia,

la buona Annuccia, è morta sarà un mese.

– E il babbo? – Non lo so; non l'ho mai visto... –

E fatto mesto, appoggiato alla gruccia,

tornò in giro a vociar: «facciano acquisto».

Lux

Amo la luce, – il tiepido

raggio che dove splende

affetti novi suscita

e nova vita accende,

per cui virtù mirifica

di spiche d'or biondeggia

la zolla, e lussureggia

il fiore sullo stel,

e di fra i rami espandesi,

dolce qual di leuto,

da cento gole armoniche

un allegro saluto,

quindi, repente, un nugolo

di corpicini snelli,

di variopinti augelli

che s'innalzano al ciel.

Da te, raggio benefico,

raggio fecondatore,

questo amoroso palpito,

da te questo calore

vital che incende l'animo

che corre in ogni fibra,

la forza che si libra

e ne sorregge in piè.

Per te, raggio, di porpora

le nuvole son tinte,

per te di color vivido

son le rose dipinte,

per te, per te son candidi

il giglio e il gelsomino,

ed il mare è turchino,

e azzurro è il ciel per te.

Ogni mattina, splendido

raggio, alla mia stanzetta,

della mamma la faccia

soave e benedetta

porti, e il sorriso e il bacio

suo santo e la parola

calda, verace scola

di carità e d'amor.

Son tuo dono, munifico

raggio, questi splendori,

questa festa simpatica

di luce e di colori,

tuo don del vessil patrio

il bianco, il rosso, il verde

per cui sempre rinverde

l'italico valor!....

La donna è amore

Tutto è riso a noi d'intorno,

tutto è luce, tutto è festa:

volta è in fuga in questo giorno

ogni tenebra molesta:

oggi l'anima si libra

sovra l'ali dell'amor:

che dolcezza in ogni fibra!

negli sguardi che splendor!

Quante mani, – care mani –

si protendon desïose…..

oh! momenti sovrumani,

oh! carezze deliziose:

quante lacrime che spreme

il più santo dei piacer…..

in quelli occhi quanta speme,

quanta speme nei pensier!

Ci dissero: il mondo è come un'aiuola;

ci disser: la casa è un chiuso giardin:

la donna dev'esser la casta vïola,

il candido giglio, il bel gelsomin.

E l'uomo che incede fra triboli e dumi,

che arrestano il passo, feriscono il piè,

raccoglie quei fiori, ne aspira i profumi,

e in core già sente maggiore la fè.

Gia per l'itale contrade

una forma incappucciata:

non ha il ciel soli e rugiade

per quell'alma corrucciata:

un'immagin bëatrice

solo ha possa su quell'alma,

ed all'Esule infelice

dà la speme e un po' di calma.

Ci dissero: è un tempio la casa; – sull'ara

risplende la lampa che Amore allumò.

Chi avviva la fiamma che il tempio rischiara?

rispondon: la donna che il foco destò.

Sciagura! sciagura! se spegnesi il foco:

che tenebre fitte, che gelo, che orror,

che cupo silenzio possedono il loco

a cui guardian fosco sta il muto dolor.

Nelle nostre case splende

la fiammella vereconda

che le nuove anime accende

ed al bene le feconda:

sei tu mamma, cara mamma,

palma e ramoscel d'olivo,

tu d'amore casta fiamma

che il pio foco tieni vivo.

Bambini

Noi siamo l'aurora – d'un giorno d'estate,

le belle e dorate – speranze noi siam.

Deh! nube maligna – il ciel non invada,

la speme non cada – per soffio crudel.

Il fiore oggi siamo – il fior grazïoso,

il frutto gustoso – saremo doman.

Deh! il sol non l'aduggi – co' rai troppo ardenti,

non rompano i venti – il debole stel.

Siam oggi la spica – domani la messe,

noi siam le promesse – d'un lieto avvenir.

Noi siamo l'aurora – d'un giorno d'estate,

le belle e dorate – speranze noi siam....